AF451539

VENTE

Du Samedi 29 Novembre 1873

HOTEL DROUOT, SALLE Nº 1

Exemplaire de Barre

TABLEAUX
ANCIENS

EXPOSITION PUBLIQUE

Le Vendredi 28 Novembre 1873

Mᵉ CHARLES OUDART, COMMISSAIRE-PRISEUR

M. ÉMILE BARRE, EXPERT

IMPRIMERIE J. CLAYE
RUE SAINT-BENOIT 7
PARIS

CONDITIONS DE LA VENTE.

Elle sera faite au comptant.

Les acquéreurs payeront *cinq centimes par franc*, en sus des enchères, applicables aux frais.

L'Exposition mettant les Adjudicataires à même de se rendre compte de l'état et de la nature des objets, il ne sera admis aucune réclamation une fois l'adjudication prononcée.

CATALOGUE

DE

TABLEAUX

ANCIENS

DES ÉCOLES

FRANÇAISE, FLAMANDE, HOLLANDAISE ET ITALIENNE

TABLEAUX DE DÉCORATION

DONT LA VENTE AURA LIEU

HOTEL DROUOT, SALLE N° 1

Le Samedi 29 Novembre 1873

A DEUX HEURES ET DEMIE

COMMISSAIRE-PRISEUR | EXPERT

M° CHARLES OUDART | M. ÉMILE BARRE

31, rue Le Peletier | 20, Chaussée-d'Antin

Chez lesquels se trouve le présent Catalogue

EXPOSITION PUBLIQUE

LE VENDREDI 28 NOVEMBRE 1873, DE 1 HEURE 1/2 A 5 HEURES 1/2

1873

DÉSIGNATION

ASPER (Jean)

1. — Portrait d'Érasme.

BOUCHER

2. — Nymphes endormies.   34

BOUCHER (*École de*)

3. — Nymphes surprises.

CAGLIANI

4. — Esther et Assuérus.

CARÊME

5. — Baigneuses.

CAMPHUYSEN

6. — Cavalier arrêté à la porte d'une auberge.

BASSAN

7. — Un Camp au XVIe siècle.

CHARDIN (*Signé*)

8. — Intérieur de cheminée.

Provenant du château de Fontainebleau.

CORNEILLE DUSART

9. — Les Joyeux buveurs.

EISEN

10 à 13. — Quatre dessus de porte sur bois.

FRAGONARD

14. — Tête de jeune fille.

FYT

15. — Gibier mort.

GUDIN (Th.)

16. — Naufrage.

GÉRARD

17. — Portrait de l'impératrice Joséphine.

HALLS

18. — Portrait d'un jeune seigneur en costume Louis XIII.

HONDERKOETER

19. — Épervier fondant sur une basse-cour.

HEUSCH (G. DE)

20. — Paysage italien avec personnages.

HENSIUS

21. — Portrait de dame en costume Louis XVI.

JANET-CLOUET (*École de*)

22. — Portrait en pied d'un seigneur du temps de Charles IX.

LARGILLIÈRE

23. — Portrait de l'artiste, par lui-même

LEDOUX (Mlle)

24. — Tête de jeune fille.

LEDOUX (Mlle)

25. — Tête de jeune fille.

LAJOUE

26. — Ancien rideau du théâtre royal de Versailles.

LEPRINCE (X.)

27. — Ferme en Normandie.

LE PRINCE (*Genre de*)

28. — Trumeau.

MARATTE (Karl)

29. — Vierge.

MIGNARD

30. — Portrait de madame de Montespan.

OUDRY

31. — Nature morte.

PILLEMENT

32-33. — Deux paysages.

> Pendants.

PARROCEL

34. — Bataille.

PATEL (P.)

35. — Paysage avec ruines, soleil levant.

RIBÉRA

36. — Saint en prière.

ROSA DE TIVOLI

37. — Animaux.

> Un pâtre assis au pied d'un quartier de rocher, surveille deux chèvres, un cheval et plusieurs moutons.
> Collection Narischkine.

ROSA DE TIVOLI

38. — Animaux.

> Un homme auprès d'un cheval blanc chargé de paniers couverts d'une étoffe rouge; au centre, un chien sur un tertre; à gauche, groupe de six moutons.

> Collection Narischkine.

SALVATOR

39. — Paysage, site italien, et personnages au bord d'une rivière.

SALVATOR ROSA

40. — Saint Jean.

VRIES (DE)

41. — Le Moulin.

VERNET (J.)

42. — Port de mer en Italie.

VAN GOYEN

43. — Village fortifié au bord d'un canal.

VÉRONÈSE

44. — La Samaritaine.

VAN COIEN *(signé 1691)*

45. — Village au bord d'un canal.

VAN DYCK

46. — Le Joueur de Cornemuse.

Portrait du graveur de Van Dyck.

VAN HAGEN

47. — Entrée de forêt au bord d'un étang.

VAN LOO

48. — Portrait en pied de Louis XV.

ZURBARAN

49. — Sainte Famille.

ECOLE ITALIENNE

50. — La Création du monde.

ÉCOLE HOLLANDAISE

51. — Église au bord d'un canal.

ÉCOLE HOLLANDAISE

52. — Animaux au pâturage.

ÉCOLE FRANÇAISE

53-54. — Deux Gouaches.

ÉCOLE ESPAGNOLE

55-56. — Sujets religieux.

Deux pendants.

ÉCOLE FRANÇAISE

57-58. — Deux dessus de porte.

ÉCOLE FRANÇAISE

59-60. — Deux dessus de porte.

61. — Suite de quatre panneaux de décoration.

Vues de parcs animés de personnages.

62. — Tableaux non catalogués.

PARIS. — J. CLAYE, IMPRIMEUR, 7, RUE SAINT-BENOIT. — [1905]